海ほほづき

玉井美智子句集
Tamai Michiko

ふらんす堂

序

玉井美智子さんに初めてお会いしたのは平成二十年十月四日のことである。翌日は岐阜市の岐阜グランドホテルで第七回「伊吹嶺」全国俳句大会が開催されることになっていたので、インターネット句会のメンバーが中心となり、前泊して市内を吟行しようという話になったのだ。

当時の記録をみると、総勢二十八名の割と大規模な吟行会だったが、そのなかに美智子さんとわたしもいたのである。集合場所は岐阜駅前だったような気がする。この年、わたしは「青きバナナ」という連作二十句で伊吹嶺賞を受賞し、大会での表彰式を控えていた。それで参加者の祝福の言葉に応え、簡単なお礼の挨拶をしたのではなかったか。集まった人々の一番後ろのほうに（つまりわたしから一番遠い場所に）小柄な女性が控えめに立っていたが、黒々とした短めの髪と柔和で大きな目が印象的で、テレビアニメ「アルプスの少女ハイジ」の主人公のような人だなと思った。それが美智子さんだった。

吟行の道中、すこし言葉を交わした折、わたしの「青きバナナ」がとてもよかったと言ってくださった。このタイトルのもとになっている句は〈朝食は青きバナナと山羊の乳〉だったので、あるいは、このとき褒められたことがきっかけでご当人とハイジが結びついたのかもしれない。

こんなわたしの勝手な見立ては、美智子さんの作品を読むたびに補強されていった。生きとし生けるものへの好奇心と分け隔てのない親愛の情、相手の警戒心を解いてしまうような天真爛漫で大らかな心が、個々の俳句に横溢しているのである。

ご本人も「あとがき」に記しているように、この句集には「虫の句が多い」。それも昆虫だけでなく、爬虫類や両生類や蝸牛などを含む広義の虫である。さらには蛸や烏賊などのヌルっとして少々気味の悪い軟体動物もしばしば登場する。再び「あとがき」を引けば、「蝸牛は雨のたびに門を這い、カナヘビは逃げることを忘れ目の前で脱皮したり、木の枝で昼寝をしたり」するのだ。この小動物たちの無防備さはどうしたことだろう。犬や猫のような哺乳類ならわかるが、人間になつくことを知らない虫たちまでが美智子さんの前ではすっかり寛ぎ、伸び伸びと自由に振舞い、さまざまな姿態を俳句に詠んでくれとせがんでいる風情である。

靴干して蜥蜴の脱皮見てゐたり
脱皮して色美しき朝の蜘蛛
尺取のくの字のままに落ちてきし
鰭ふつて目高の恋の始まれり
緋目高の跳ねて孑孑奪ひ合ふ
鴉の子ちくわの穴をのぞきをり
のびきつて笊に転がる秋蚕かな

等のユーモラスな味わいは、小さな生き物への親近感があればこそのものだ。

はんざきの小さき眼冬深し
測られてはんざき太き身をよぢる
はんざきの脱皮はらりと水に透く

のはんざきたちも、生気に満ちている。他方で、

銛で突く鱶の血しぶき雲の峰
夏の浜鮫の湯引きを紙皿に
白銀の太刀魚捕へ鳶空へ

といった野性味にあふれ、見様によっては非情な光景が平然と詠まれ、上品に取り繕うこととは無縁な作者の自然児としての側面をうかがわせるのである。

ただ、これだけの紹介では、この方面における美智子さんの持ち味が十分に伝わらないのではないかと危ぶむ。たとえばこの句集には、木の枝で昼寝をしているカナヘビの句がない。蜥蜴や蝸牛が交尾している句もない。なめくじの小さな宝石のような青い卵の句も抜けている。わたしは「伊吹嶺」の選をしているとき、そのたぐいの句をいくつも読み、その都度驚かされてきたのである。しかし字余りだとか、季重なりだとか、語法上の不備だとかを理由に、没としたのだった。ことによると何か摩訶不思議で、シュールで、いささかアブノーマルな、そしてわたしの理解が及ばない作品世界のまえにたじろぎ、採る勇気がなかっただけなのではあるまいか。

そう考えると、今更ながら自責の念を感じなくもない。

この句集を山系にたとえるなら、ひときわ高い頂が二つあるように思われる。ひとつは「第二章　蛸釣」に収められている作品群である。美智子さんは平成二十四年、「蛸釣」二十句により「伊吹嶺」十五周年記念賞（俳句の部）を受賞した。まだ同人になるまえの一般会員が、結社最高の賞を射止めることは異例中の異例といっていい。それほど水準の高い、見事な出来栄えの作品で、わたしも選者の一人としてこの作者の力量に改めて瞠目したことを覚えている。同年、美智子さんは栗田やすし主宰（当時）から同人に推挙され、さらには新人賞にも輝いている。このダブル受賞も極めて異例のことだった。

句集の制作にあたって、わたしは掲載句の選を託されたが、全体のバランスなどを考慮し、この受賞作のなかから次の九句を載録することとした。

朝凪の青き島影出漁す

蛸釣るや青海原に船とめて

蛸探る海の底まで糸垂らし

海底の闇より蛸の踊りくる
海原を離れ大蛸水飛ばす
獲りたての蛸の足切り蛸の餌に
白南風や海豚のよぎる波がしら
船の揺れ残りしままに髪洗ふ
蛸盛つて島の還暦同窓会

即物具象に徹して、間然するところのない秀吟だが、わけても海底から蛸を引き上げる場面の描写は圧巻だ。われわれも作者といっしょに海中を覗き込んでいる気分になる。全体にみなぎる躍動感と高揚感は、久しぶりに帰郷することができた作者の安堵と喜びの反映でもあろう。

二つ目の頂は、「第四章　母のこと」のなかの、三人の肉親との永別前後を詠んだ作品である。美智子さんは平成二十八年十二月に母の最期を看取り、平成三十一年と令和二年に最愛の妹たちを失った。この三つの悲しい出来事が、それぞれ故郷天草を舞台として、静謐に、そして厳かに描かれている。

母との別れの句

冴ゆる夜の病室に置く旅鞄
冬の朝涙浮かべて母逝けり
冬薔薇母の棺に感謝の句

また、妹さんを見舞ったときの句

病窓に青き島原うちは凪
蛸釣船見ゆる窓辺や妹病む

そして訃報が届いたあとの

妹の訃音に震ふ寒の朝
冴ゆる夜や駅に妹待つ気配
冬凪や遺影と渡る島の橋

にわたしの心は打ち震えた。作者の寂しさがひしひしと伝わってきたのだ。

この寂しさを自ら癒そうとするかのように、「第五章　古希の宴」にはいくつかの回想句がならぶ。

海ほほづき鳴らして母を待つ夕べ

ほととぎす選挙カーより父の声

は少女時代の思い出だろう。殊に「海ほほづき」の句は絶唱で、母亡きあとの心細さを拭えずにいる作者の心象風景とも読める。ご本人から句集の表題を決めてほしいと依頼されたとき、わたしがまず思い浮かべたのはこの句だった。ここには母への思いのみならず、望郷の念や、その他もろもろの気持ちが凝縮しているように感じられたからだ。

この句集の読者は、さまざまな顔をもつ美智子さんに出会うだろう。すなわち女学生としての、妻としての、母としての、祖母としての、そしてキャリア豊富な保育士としての美智子さんである。日常吟のなかに描かれる家族の姿はいずれも溌剌として明朗で、ときに微笑を誘う。なかんずく小さな子供たちのスケッチは生き生きとして慈愛に満ち、この作者の真骨頂を子供の描写に見出だす人がいたとしてもわたしは異を唱えない。

　やや大雑把な括り方をすれば、多様な美智子さんの俳句世界を貫いているのは母性なのではあるまいか。その赴くところは人間にとどまらない。それはいろいろな虫を始めとするありとあらゆる生き物にも及ぶ。それだからこそ、彼らは美智子さんに慣れ親しみ、無防備な姿を見せても平気なのだろう。その意味では、この母性は地母神のそれに通ずる。

コスモスの風の集まる聖母像
新涼の入江に白きマリア仏
一湾の霧の触れゆくマリア像

　これらの句もまた天草での吟だが、殉教者たちをあわれみ慈しむマリアと、作者のイメージがだぶって見えるといえば、いささか感傷的な読みになってしまうだろうか。

　令和二年一月、美智子さんは数名の知人を誘い、自らが指導者となって新しい句会を発足させた。初心者ばかりの集まりだけれども、何かよい句会名はありませんかと尋ねられたわたしは、ほとんどその場の思いつきで、それなら玉子句会でどうですかと即答した。ひよこ以前の玉子というつもりである。指導者の姓から一字もとっている。われながらうまいアイデアだと内心得意だったが、まさかこの案が採用されるとは思わなかった。

玉子句会の皆さんは、もうとっくに孵化し、ひよこの段階も過ぎ、いまや着実に力をつけつつある。指導宜しきを得、六名そろって毎月欠かさず「伊吹嶺」誌に平明で素直な句を寄せてくださっている。

昨年から美智子さんは、「伊吹嶺」の兼題欄の選者も務めている。実作者として、また指導者として、これからも益々活躍してほしい。

令和五年二月

河原地英武

海ほほづき／目次

句集

海ほほづき

第一章

桜草

平成十七年～二十一年

手を広げ幼子の追ふ冬の蠅　平成十七年

冬日和荷物両手に母来たる

土間広き奈良井の宿や雪解風

パラソルを立てて園児の砂遊び

蛸壺はペンキ塗りたて炎天下

コスモスの風の集まる聖母像

平成十八年

大漁旗はためく漁港初日出づ

連凧や声の広がる保育園

敦煌の壁画見てをり霾る日

深川神社

自転車を置いて茅の輪の列に入る

園児らの帰りし後の星月夜

籾焼の煙棚田を下りてきし

竹笊に柿皮干せり骨董屋

木犀の風やはらかし産着干す

隼人瓜転がつてゐる窯場裏

象の鼻揺らせば秋の風生まる

曲がるたび裏富士見ゆる紅葉山

児ら走りゆけり落葉を蹴散らして

ふるさとの朱欒詰めたる旅鞄
駅弁を開く湖北の夕時雨

切幣を撒いてどんどの始まれり　平成十九年

黒光る城の板の間花明り

でで虫の角に小さき指触るる

とつとつと打ち明け話螢の夜

婚の客送る空港雲の峰

靴干して蜥蜴の脱皮見てゐたり

炎昼や豚仰向けに泥遊び

夢殿のみ仏に差す大西日

青墨の匂ひ広がる良夜かな

こほろぎや父の残せし農手帳

唐の国彼方にありて霧深し

太筆の墨の飛び散る筆始め　平成二十年

自転車で巡る斑鳩花の雲

柿田川

花あざみ群青の水湧き出づる

篠島

海に向く島弘法やあたたかし

海女小屋に海胆焼く煙立ち込むる

一握り卒寿の海女のくれし海髪《うご》

紀伊長島

竿百本立てて船出の鰹船

脱皮して色美しき朝の蜘蛛

螢の後ろの闇に団子売

綾渡夜念仏　二句

畦道の夜風涼しき夜念仏

盆の月二十七戸の村照らす

棹をさす舟に秋浪尖り来る

醒井

梅花藻の川辺賑はふ地蔵盆

児らと来て芒の穂絮飛ばしあふ

園児らの諸蔓電車駆け回る

大漁旗立てて嫁来る島小春

犇きて鯉口あくる四温かな

平成二十一年

転がして鋸で捌けり大鮪

遠路きて病む母に会ふ春の宵

沈丁の香り纏ひてかくれんぼ
海光のきらめき眩し木の芽山

乳飲ます農婦に春の空青し

丹羽養蜂園

蜜蜂の千の羽音の只中に

卒園の花道桜草あふれ

落花受く園児ら服の裾広げ

潮の香の仄かに島の井戸浚

大江天主堂

汗拭いて坂登り来し夜のミサ

新涼の入江に白きマリア仏

天草の島を眼下に墓洗ふ

釣り上げし鯊にのら猫伸び上がる

拓本の墨の湿りや木の実落つ

第二章

蛸釣

平成二十二年〜二十四年

平成二十二年

冬温し祓はるる子の深眠り

窯出しの陶工囲む春暖炉

東大寺二月堂

修二会果て朝の箒の灰まみれ

答志島　二句

ひじき海女潮濡れの籠運び来る

海胆を割る海女の指先むらさきに
夏の朝地引網より蛸剝がす

靴底に陶土粘れる梅雨の入

蝉生れて月のひかりに翅のばす

はんざきの朽ち葉まみれに生け捕らる

瀬戸　下半田川

独り寝の玻瑠揺るがせて秋の雷

十六夜や老いたる母の子守唄

鰡の海九鬼の塚より見下ろせり

椎茸を笊に干したり南蛮寺

凩や牛舎の灯影揺れどほし

腹這ひて岩間の海鼠つかみとる

平成二十三年

鬼の面はづす保育士息白し

冬ざれや太きひび入る陶土山

陶土谷見下ろす飯場大根干す

雪晴れや波紋きらめく飛鳥川

揚雲雀陶土の谷へ声こぼす

薄ら日を纏ひかたくり咲きそろふ
牛に敷く木屑に春の日の匂ひ

肩車して沈丁の風のなか

徳源寺

花桐の風の中なる寝釈迦仏

栗田先生流燈句碑

切幣に緑雨の湿り句碑除幕

宿帳を貼りし襖や梅雨湿り

ザリガニを盥に放ち夏季保育
大蛸を腕にからませ運びけり

撫でられて鼻膨らます祭馬

祭馬貌でばけつの水飛ばす

船に積む寺の畳や赤とんぼ

雲ひとつ浮かぶダム湖や葛の花

鬼の子の風に吹かるる芭蕉句碑

奥能登や莢の弾くる小豆稲架

孫快和

藺玉や今朝生まれたる児の眠り

平成二十四年

荒波や籬で囲む冬菜畑

はんざきの小さき眼冬深し

八卦見の灯すテントや寒四郎

草千里

引き馬の腹に馬虻唸りづめ

湯島沖にて蛸釣　九句

朝凪の青き島影出漁す

蛸釣るや青海原に船とめて
蛸探る海の底まで糸垂らし

海底の闇より蛸の踊りくる

海原を離れ大蛸水飛ばす

獲りたての蛸の足切り蛸の餌に

白南風や海豚のよぎる波がしら

船の揺れ残りしままに髪洗ふ

蛸盛つて島の還暦同窓会

火の国の怒濤めきたる蟬しぐれ

大旱被爆マリアの頰にすす

牛が鋤く阿蘇の赤土秋暑し

盆唄や望遠鏡に土星の環

一湾の霧の触れゆくマリア像

愛知牧場

コスモスや搾乳の牛並びくる

石を置くだけの田の神豊の秋

轆轤ひく腕に秋蚊のまとひつく

灯台に砲弾の痕冷まじき

鼻に縄通し吊らるる猪の皮

第三章

金メダル

平成二十五年〜二十七年

初買ひは木曾のひのきの夫婦箸

平成二十五年

愛媛　四句

おはなはん居さうな小径冬すみれ

冬の朝一番風呂へ湯籠さげ
湯めぐりに揃ひの宿のちゃんちゃんこ

子規発ちし三津の港や冬かもめ

鬼やらひ焔に僧の仁王立ち

岩尖る自決岬や鷹舞へり

故郷の障子開くれば春の海

春月や漁師とつつく卵焼き

リヤカーの寝釈迦につづく稚児の列

孫和司

入園児兄の御下がりよろこべり

先生の苦手なものに雨蛙

測られてはんざき太き身をよぢる

朝涼や木曾の水舟あたらしき

萩の花こぼし古道の山歩き

斧振つて島の媼の甘蔗倒す

まつ青な秋天たたふ綾子の忌

浮御堂千体仏へ今年米

牛深

布で拭く太きからすみ艶やかに

﨑津

冬靄の湾を越えくるミサの鐘

平成二十六年

冬空へ水面蹴立てて群鵜たつ

船寒し眼鏡にかかる波しぶき

足助寒茶作り

枝葉ごと茶を蒸す匂ひ寒ゆるぶ

雪よりも白き凍蝶木曾の朝

国府宮はだか祭

下帯の知事の背に触れ儺追祭

エプロンにくるむ蓬の匂ひ濃し

桑名赤須賀漁港

揺さ振つて光こぼせり蜆掻

わかめの香あふるる朝島を発つ

こでまりの風のやさしき子の新居

炉に炙る春子つまみに茶碗酒

穂先まで光集めて麦熟るる

久女墓碑つもるままなる竹落葉

能古島　二句

炎天や島の外れの蒙古塚

夏雲やパトカー載せて島フェリー

鱶狩り

銛で突く鱶の血しぶき雲の峰

団子屋に朝顔市の鉢提げて

月今宵茶房に回る蓄音機

久女墓所まで猪跡のつづきをり

島つなぐ五橋眼下に朱欒捥ぐ

空いてゐる神より拝み初詣

平成二十七年

冬うらら身重の山羊の腹ぬくし

子規庵の墨色となる枯糸瓜

一葉の通ひし道や雪止まず

瀧山寺鬼祭　二句

たいまつの火花降らせて追儺寺

大桶に松明沈め追儺果つ

沖眺め老いたる漁師日向ぼこ

客船の展望デッキ風光る

卒園歌あらん限りの声出して

藤川宿オフ句会

艶めきて指に鋭き麦の禾

花茨軍艦島に波高し

星増えて一気に螢舞ひだせり
母見舞ふ蜜柑の花の香るとき

船虫が奥の部屋まで父の家

薪匂ふ窯場の軒や昼ちちろ

孫快和

つけて寝る運動会の金メダル

秋うらら人より猫の多き島

色変へぬ松や千家の兜門

佐渡　三句

たらひ舟漕ぐ手に重き秋の潮

海鳴りの聞ゆる窓辺おけさ柿

縕袍着ておけさ習へり佐渡の夜

第四章　母のこと

平成二十八年〜令和元年

平成二十八年

神父弾く古きオルガン冬ぬくし

教会に地獄絵掛かる寒さかな

冬深し命のビザの走り書き

旭山動物園

雪豹見るスノースパイク靴に巻き

凍空や駅舎より見るオホーツク

寒波来る網走行の一輌車

春の海膝まで浸かり船洗ふ

色褪せし千人針や寒き春

金鯱が花の波間に見え隠れ

熊本地震

幾度も火の国揺らし春ゆけり

火の国の瓦礫の空を鯉幟

巨大なり相撲宿舎の冷蔵庫

はんざきを両手にぐいと摑みたる

露けしや真綿に包む古陶片

折り紙のうさぎ供ふる望の夜

長崎

秋深し一人向き合ふ殉教図

かりがねや小さき甕棺輝走る

仏頭の片耳長し虫の秋

母コハル入院　三句

母看取る硬きソファーに毛布敷き

病室にモニターの音年詰まる

冴ゆる夜の病室に置く旅鞄

母逝く　三句

冬の朝涙浮かべて母逝けり

冬菊や母の名載れる悔み欄

冬薔薇母の棺に感謝の句

寒北斗煌めき母の七七忌

平成二十九年

永き日や遺影の父と母ならべ

ふるさとの青く透きたる春鰯

甘夏は母の匂ひよ一つ買ふ

まだ固き八雲旧居の肥後椿

笙の音に揺らぐ篝や春の宵

凧揚げの声走りだす由比ケ浜

尾道

風光る単車飛び出す島フェリー

笛の音に闇の深まる薪能

竹ぽつくり高く鳴らせる端午の日

取り込みしシャツに蟬の眼光りたる

尾張津島天王祭

祭船雅楽を奏で滑り出す

尺取のくの字のままに落ちてきし
ふるさとへ夜風涼しき駅を発つ

爽やかに花婿来たるハーレーで
それぞれの部屋へ夫婦の夜長かな

河原地主宰祝句

ペガサスの翔る伊吹の淑気かな

平成三十年

紅白さん祝句

紅白の百の繭玉華やげり

注連飾る艫先混み合ふ船溜り

足に掛け漁網繕ふ冬日向

神島や波と見紛ふ冬鷗

春陰や碧き漱石デスマスク

田峰観音奉納歌舞伎

冴え返る低き裸灯の芝居小屋

孫匠真　二句

卒業や祖母の仕立てしスーツ着て

壇上に夢を語りて卒業す

風光る刃の切つ先を回る独楽

亡き父の叙勲の額や春深し

大泣きの入園の児を胸と背に

花の昼園児寝かせて書くたより

明日香村オフ句会

初夏の乳の味濃き蘇の御膳

のたうつて背の蟻弾く夜盗虫

菅笠をかぶりて梅雨の露天湯に

病窓に青き島原うちは風

蛸釣船見ゆる窓辺や妹病む

みすみ港祭

島の子の集ふ浜辺や遠花火

花石榴水の蘇州に小筆買ふ

行燈にかぶと虫の絵地蔵盆
月見舟浮かべ祝宴始まれり

大須おいらん道中

花魁のかつらずらして秋団扇

母の忌の仏間に供ふ初朱欒

湯島　三句

平成三十一年（令和元年）

殉教の島から島へ冬の航

船室に学校便り冬ぬくし

殉教の島の灯台冬すみれ

炉明りや梁の恵比寿の黒光り

妹逝く　三句

妹の訃音に震ふ寒の朝

冴ゆる夜や駅に妹待つ気配

冬凪や遺影と渡る島の橋

織屋旅館

ひとり座す畳冷たき木賃宿

山国の闇深々と大焚火

布川の花祭　四句

文政の軽き鬼面や春燈

夜もすがら鈴振り鳴らす花神楽

夜明しの舞や春炉に炭をつぐ

恋の猫走る阿吽の像の前

燕来る学生街のカフェテラス

天竜川の光の淵を花流れ

水牛の角が薬舗に夕薄暑

三州足助屋敷

夏桑や縁の下より鶏の声

転がされ汗の力士の黒光り

はんざきの脱皮はらりと水に透く

呼子　三句

船上に火蛾の骸の散乱す

蓋取れば生簀の烏賊の色変はる
皿の烏賊青き眼の潤みたる

壱岐対馬一望にして秋の風

壇ノ浦野分のあとの高うねり

伊吹山

霧吸って深山白蝶翅のばす

通草爆ず廃校となる子の母校

第五章

古希の宴

令和二年〜四年

令和二年

見晴るかす出水平野に万の鶴

東雲や湧くが如くに寒鴉

児と競ふ夫の気合や二重跳び

肩に猫登りてきたる日向ぼこ

熊本城

子だぬきのじやれ合つてゐる城の垣

玉子句会

春雪のひかりに集ふ新句会

古瀬戸小卒業記念

陶壁の大顔小顔卒業す

螺髪めく青きつくしを児と摘めり

飛花落花声弾ませてケンケンパ
コロナ禍の地球に赤き春の月

回想　四句

花の雨島を出る子を見送れり

ひとり発つ夜汽車や春の星潤む

海ほほづき鳴らして母を待つ夕べ

ほととぎす選挙カーより父の声

指咬まれ天道虫を吹き飛ばす

鰭ふつて目高の恋の始まれり

尾を垂らし三光鳥の抱卵期

リモートに慣れねばならぬ螢籠

おのが影引いて回れりみづすまし

緋目高の跳ねて孑孑奪ひ合ふ

順繰りに句座を廻りぬ蛇の衣

夏の浜鮫の湯引きを紙皿に

盆帰省亡き妹に間違はる

艦艇の灯りや霧の壇ノ浦

外は雪ひとりで向かふ手術室
オペ台に待つ間冷たき足の先

目の手術終へてまぶしき聖樹の灯

おが屑にまみれ歳暮の海老跳ぬる

八幡浜港
冬凪や子豚乗り込むカーフェリー

令和三年
初買は友手作りのペンダント

日を散らし阿蘇湧水に鳰潜る

孫匠真　二句

卒業の答辞読むてふ子の知らせ

Gショックつけにこやかな入学子

校長を送る汽笛や島の春

孫和司

暗算も一級の子や山笑ふ

つばめ越ゆ藤井二冠の祝幕

封じ手は朱書き五文字や風涼し

川鵜飛ぶ聖火リレーの祝砲に

ふるさとは枇杷熟るる頃母恋し

白南風や干し蛸匂ふ停留所

殉教の島の白百合ひらく夜
声高に鳴き継ぐ真夜の時鳥

鴉の子ちくわの穴をのぞきをり

地下足袋の教授爽やか遺跡掘る

をとこへしをのこばかりの孫四人

孫康貴

爽やかや子が百回の二重跳び

白銀の太刀魚捕へ鳶空へ

鳥羽浦村

牡蠣を打つ娘らの明るき中国語

回想　三句

錆付きし父の小鎌に霜降れり

少女乗る背よりも高き竹馬に

汽車通の友にマフラー長く編む

門灯のにはかに点るたぬき来て

多治見修道院

落葉踏む少年少女ミサの朝

片隅に扉冷たき懺悔室

令和四年

年酒酌む王位記念の盃に

向き合うて夫と体操初日さす

恵那市山岡町　五句

寒天突く粉雪残る簀を広げ

済州《チェジュ》産の天草洗ふ凍て土間に

磯の香の湯気吹きあがる寒天場

山の風寒天小屋の湯気さらふ

海藻籠洗ひ寒天小屋閉ざす

口開けや舟乗り合はす鹿尾菜海女

虎渓山永保寺

垂乳根の銀杏見上ぐる日永かな

すかんぽの葉もて摑めり大蚯蚓

引越しよ卵くはへて蟻の列

長良川初鵜飼　六句

鵜の羽の婚姻色や嘴合はす

鳥屋の鵜の羽搏てば小さき風起る

吐き籠に小鮎ばかりや初鵜飼

鵜篝の遠のき闇のひんやりと
花火待つ岐阜城の灯を仰ぎつつ

疲れ鵜をのせて台車の曳かれゆく
遠泳の身をあたたかな岩に寄す

ささゆりの香りほのかや古希祝

夏服は子のプレゼント古希の宴

空青し瓢干したる井戸の蓋
のびきつて笊に転がる秋蚕かな

ふるさとが端に台風予報円

鬼の子の赤き手のやう火焰茸

六艘が列に鵜篝なびかせて

岐阜城や鵜飼仕舞の大花火

みかん捥ぐ島内放送下に聞き

孫康貴

三期目も学級長の子に蜜柑

「伊吹嶺」記念祝賀会

マリンバの音色軽やか秋の宴

児のパンに紅玉のジャム厚く塗る

甘酒

新麹まぜて白粥よき匂ひ

七輪の鮑のをどる年の市

あとがき

このたび「伊吹嶺」主宰河原地英武先生のお勧めをいただき、私にとって初めての句集となります『海ほほづき』を出版させていただきました。栗田やすし前主宰（現顧問）には、長年にわたりご指導を賜りまして感謝の念にたえません。心よりお礼申し上げます。

河原地英武主宰には、大変お忙しい中、平成十七年から令和四年まで「伊吹嶺」に掲載された句、伊吹嶺賞応募句などを含めた、九百余句の中から三三六句をお選びいただき、それに私の思い入れのある句をたして三五六句を収めました。また「海ほほづき」という素敵な句集名を付けていただきました。ご助言、ご指導をいただき、身に余る序文を賜りましたことはこの上ない幸せと存じます。

俳句を始めて十八年が経ちました。バス旅行で知り合いました沢田充子さんに梅田葵先生ご指導の瀬戸句会を紹介していただき、入会したのが始まりです。瀬戸句会のよき師とよき仲間に出会い、「伊吹嶺」にご縁をいただきましたことを心から幸せに思っています。私をここまで導いて下さいました梅田葵先生、本当に有難うございます。また、いぶきネット句会やカリンカ句会の皆さまのご厚情にも感謝申し上げます。

前々から夫には句集を出すことを勧められていましたが、なかなか決意できずにいました。今回古希になったことを記念して、これまで「伊吹嶺」で俳句を学んできた自分史としてまとめることにしました。理解ある夫のおかげで俳句を続けてこられたことを有難く感じております。

私は天草の島育ちですが、高校入学時より寄宿舎に入り島を離れました。故郷を離れ住む私に両親はやさしく、無償の愛を注いでくれました。どこにいても心強く、安心して暮らせたように思います。母は些細なことでもいつも褒めてくれる人でしたので、出来ることなら句集『海ほほづき』を見てもらいたい気持です。それから天草での吟行に付き合ってくれ、いつも心配りをしてくれた亡き妹美枝子にも感謝しています。最近は、父母居ればこそのふるさとの感を強くし、時折さびしさを覚えます。

句集を編んでみますと虫の句が多いのに我ながら驚きました。庭の小さな畑は虫の宝庫で、春は青紫蘇が芽をだすとそれを餌にするバッタが次々に生まれます。蝸牛は雨のたびに門を這い、カナヘビは逃げることを忘れ目の前で脱皮したり、木の枝で昼寝をしたりします。青虫は蛹のまま越冬し、雪の重さにも耐え、春には立派な揚羽蝶に。生物の逞しさには感心するばかりです。それでつい多くの虫たちが句材となってしまいますが、これからは様々な季語に挑戦していかなければと思っています。そして四季の美しさを感じつつ、ささやかな日常のなかに詩情を見出して俳句にしていけたらと望んでおります。

最後になりましたが、出版に際しましていろいろとお世話になりましたふらんす堂の皆さまに厚くお礼を申し上げます。

令和五年二月

玉井美智子

著者略歴

玉井美智子（たまい・みちこ）

昭和27年　熊本県上天草市に生まれる
昭和46年　熊本県立宇土高校卒業
平成17年　「伊吹嶺」入会、栗田やすし・梅田葵に師事
平成24年　「伊吹嶺」十五周年記念賞（俳句）受賞
平成24年　「伊吹嶺」新人賞・「伊吹嶺」同人
平成25年　俳人協会会員
平成30年　河原地英武（「伊吹嶺」後継主宰）に師事

現住所　〒489-0031　愛知県瀬戸市五位塚町11-501

句集　海ほほづき　うみほおずき
二〇二三年六月一八日　初版発行
著　者――玉井美智子
発行人――山岡喜美子
発行所――ふらんす堂
〒182-0002 東京都調布市仙川町一―一五―三八―二F
電　話――〇三（三三二六）九〇六一　ＦＡＸ〇三（三三二六）六九一九
ホームページ http://furansudo.com/　E-mail info@furansudo.com
振　替――〇〇一七〇―一―一八四一七三
装　幀――君嶋真理子
印刷所――明誠企画㈱
製本所――日本ハイコム㈱
定　価――本体二五〇〇円＋税
ISBN978-4-7814-1553-6　C0092　¥2500E